世界-海

城戸朱理

思潮社

世界-海

城戸朱理

思潮社

写真＝小野田桂子　装幀＝思潮社装幀室

目次

世界―海

エレミアの傷心

野犬さえ声を発しない
〝荒野〟
たったひとりで「五体投地」しながら
礼拝する人がいる
エレミアの傷心のごとき　その
徒労を　なんと讃えようか?
空が紫紺に染まるとき
万年雪におおわれた永久凍土は

蒼ざめた吐息のような夜の底に沈み
動揺さえ禁じられた静寂のなかで
あらゆる生物は
息をひそめることになる
ためらいながら唇を寄せるように。
　　　　　　　　　　朝が来るまでは、

微熱さえも奪われた〝大地〟
そこに立って何かを嘆くのが
　　　　　　　　「人間」。
朝には緑色の干し葡萄を食べ
日が暮れるまで
遅々として進まぬ
　　　　歩みを歩む
視座の高さを変えるならば
　　　　その姿は

ある種の昆虫と変わらない
ためらうように荒蕪地にも草は伸び
人の影は石炭か木炭のようだ
今こそ語らなければならないのが
　　　　　「書物」にならなかった〝言葉〟
頭(こうべ)を垂らした
　　　敗残者のように日は落ち
骨を噛むような
　　　〈孤独〉が訪れる

葡萄色の空

かなしみがこみあげるような
〝青空〟
高峰（アルプス）で〝岩塊〟のごとき（塩）を掘るならば
その〝結晶〟は紫色の
（宝石）のようで
枝角を揺らしながら
塩を舐めに来る鹿も
瞳孔の奥まで葡萄色に染め

何かをなつかしんでいるようにも見える。
だが、「動物の
知能に関する私たちの知識では、
動物に自分の死を予知する能力、ことに
その死が生じうる手段を
　　　　　　　　認めることはできない」
すなわち、人間が知りうることは、
　　　　　　　　　　さして多くない

飼いネコが死んだのを悲しんで
〝自殺〟した老婆はいるが
飼い主の死を追うように
〝自殺〟したネコなど聞いたことがない、と
「自殺学者」は語り、
それが〈人間〉に固有のものだと主張する
だとしたら人間とは

「自殺しうるもの」
誰であれ、結局は「死すべきもの」であるにもかかわらず。
だからこそ、この地上がなつかしい
疲労が頂点に達して
〝夢〟さえ見ることがなくなったとしても。
鹿の葡萄色の瞳には
灯したように〝青空〟が映り、
やがて、鹿のかなしみに染まるように
（空）は色を変えていく

五分前

小麦粉を練り上げたような
〈混沌〉
空白をあまりに孕んだものは、
人を不安にする
しかし、人間の「生の意識」も
牧神の葦笛のように〝空白〟によって、
形成され
ときに「自らを時間化する（ジッヒ・ツァイティゲン）」に失敗すると

未来と現在の区別がつかなくなる
そして、水平的に倒れるならば、
決して見つからないのが
　　　　　〝時間〟

空間が揺れるときには
時間も揺れているので
時計という時計は役に立たない
まだ冷えることのない
　　　　　〝太陽系（ソラー・システム）〟
それゆえに地上はこんなにも昏く
　　　　　　　　　　　　　こんなにも暑い

ある種の〝絵画〟は、
目の前の景色を描いたはずなのに
「共有された記憶」のようにも見え、
その遠近法は、

「過去」に向って収束していく
けれども、目のない種属がいるとしたら
「世界」は、色彩ではないものとして
　　　　　　　　　感覚されるだろう

大陸的粗暴さで要約するならば
通貨こそが、その神経系。
そのためには、幾度でも
〝他者〟の血が流される
より消費するものが、
　　　　　　「よりよき市民」であり
そして、「権利」は、
　　　　　「義務」によってのみ購われる
この不可避的な〈戦争〉を前にして
誰が（平和）を語りうるというのか
視点を変えるなら、

それは同じものの高低、
素顔と仮面にほかならない
陽炎が立ち、意識が遠のくとき
「論理的」には、
　　　　次のように考えることもできる
「世界は五分前に始まった」。

神々の名

うかつに神々の名前を口にすると
命を落しかねない〝夕暮れ〟
不穏な「言語」を発しながら
一羽の鳥の影が
　　　　（海洋）を覆い
水平線は閉ざされた森になる
父たちはその父たちを真似、
その父たちはさらにその父たちを真似て

殺し合った
今は父のいない子供たちが
世界をさまよっている
絶句、継起、そして悔恨。
それらを「母音」と呼ぶのなら
子供たちは母音を連ねて泣くだろう
ひと言も発することはないのに
死者はいよいよ雄弁に
その生涯の輪郭の鮮やかさを増していく
だとしたら、生者とは
　　　　　　（人間）になりつつあるものだろうか？
今、子午線を超えつつある〝北極光〟
その光を器にたたえたような
　　　　　　　　　　森林はざわめく
「新聞を読む」ような近代的姿勢で

二十世紀は過ぎ、
デスクの上のコーヒーは
次第に冷えていく　あるいは
「川」という文字の縁(へり)から墜落しては
溺死した子供たちが
生まれてこなかった子供たちと
幻の野原で肉体なきダンスを踊っている
生きてはいけない、
生きてはいけないよう、と
魂に似たものは嘆き、
さまよう国境のように
地上には「母音」が堆積していく
その言語的な〝海〟のなかで
うねりながら形成されるのが「意識」だから
それは波立ち、

固定することがない
プロメテウス的「反復」のうちに
　　　　　　　隆起する〝人生〟

生誕は歓びである
恋愛は歓びである
病は歓びである
老いは歓びである
そして、死は
苦しみである

生誕は苦しみである
恋愛は苦しみである
病は苦しみである
老いは苦しみである
そして、死は
歓びである

一方の極まで昇りつめ
宇宙の創始のようにはじける
〝爪紅（つまべに）〟
それは「歓び」にも「苦しみ」にも属さない、

〝始源〟の形態にほかならない

いっさいの波長の光を反射するのが
〝白紙〟なら
今こそ、たんなる〝白紙〟だけが
詩人の身分証である

神学の野原

探偵が行動するならば
　　　　　　　　必ず〝死体〟に行き当る
あらゆるミステリーが
そのようにして始まるように
朝が来たなら顔を洗ってから、パンを焼く
「日常」とはなんと
　　　　　〝抽象的〟なのか
夜になったら靴を脱ぎ

寝台で〝秘儀〟を試したりしているうちに
形成されていくのが、
　　　　　　　　〈自己〉
それは〝偶然〟の累積によって
〝必然〟的に形を成していく
あるときには過剰であり、
あるときには不足を来たすから
「性差（ジェンダー）」のように埋めがたい〝起伏〟のなかにある
「永遠の休暇」に似た
　　　　　　　　〈一夜〉
凍らせた〝火酒〟を喉に流し込み
すべての雨と
そして雨ではないすべてを書き止める
捕鯨をめぐる論議は、
　　　　　　　　いつしか「神学」的様相を帯び

芸術という芸術は神学を失って
幻の野原に女神はさまよう
かくも不吉な起源、
かくも不吉な文字。

傾く絵画

壁に架けた
　シュルレアリスティックな絵画が、
　　さらに傾(かし)ぎ
反転して落下するとき、
世界は絵から抜け出したように
震動し溶融し曲っていく
そうなると地上には
　逃れる場所がない

存在と事象は、その〝固定性〟を試される
山脈（やまなみ）は崩れて
　　〝鋭角〟を増し
ことごとくの「平面」は波打って
　　　　　　〈海〉になる
そのときこそ〝確かなもの〟を探さなければならない
たとえば「赤ん坊が生まれ、
老人は死ぬ」といったようなことを。
やわらかすぎる桃の実は、
　　　人が触れたところから
乳房のようにくずおれていく
　　　　そのように
日本語を話す人間が〝一人〟になったとしたら
もう誰とも「会話」することは出来ない
そのとき、「日本語」は終わるだろう

終わったところから
始まるものもあるだろう
たとえば「日本語のない世界」が。
〝言葉〟は「辞書」のなかには〝ない〟
それは人間とともにしかありえぬのに
同時に人間の意識の外に
〝流れ〟のように存在している
その流域にたたずむのが
〈人間〉

地上が揺らぐから
人間が動揺するのか
言葉が揺らぐから
地上が動揺するのか
それは、人間には知りえない
震動する世界のどこかで

真夏の夜更けのような（茄子（エッグ・プラント））が
しずかに膨らんでいく。

完全犯罪

夜風が南国のように甘く
　　　　　　　　　　影という
影の底までが明るんでいくような夜には
何か重大な事件が起こる
罪体もなければ
　　　　　　　　　　犯人もいない
〝解決しえぬ事件〟が。
それは絶対的に純粋だから

この地上には「存在」しえないもの
すでに書かれたミステリーと
これから書かれうるミステリーのなかには
〈ありえぬ一冊〉

そのミステリーの最後のページに
人は〝問いなき答え〟を見い出すだろう
陽炎のなかにたたずんで
瞳を閉じたとき
より鮮やかになるのが
〝心的外傷（トラウマ）〟
「生存」があるていど保証されると
人間は新たな悩みを見つけ出し
心の病を発明したりする
〝都市伝説〟にも似た
よくある挿話（アネクドート）

だが視点を変えるならば
人生はその連続で出来ている
読むべきページが見当らない
「雑誌」のように。

常用語、もしくは常套句で語るなら
「人間は今日のような社会においては
等質化され、自主性を奪われる」
これこそ空前の
〈完全犯罪〉
暗殺者のように息をひそめて
〝撃鉄〟に似た〝問いなき答え〟を探す
もし、その〝答え〟が見つかったなら
「世界」は風船のように破裂し
〈ありえぬ一冊〉のページが開かれる。

大きな影

〝畏怖〟は他者との出会いから生じ、
ときに〈自己〉は
　　　　（塔）のように傾く
狂おしい一年、
　　　　その記憶は
〝粒子〟のようにざわめき
マティエールは固定しない
「難解な解決」と題された

　　　　　　〝最終楽章〟のように。
〈夏〉が反転して墜ちてきたような
　　　　　　〈地上〉では
いっさいの影が深まって
事象の〝輪郭〟が浮かび上っている
〈自己〉と出会うのは、そんなとき、
　　　　　　〈鏡像〉と出会うように。
旅人は苦悩と
　　　「母国語」を抱えて
〝問い〟だけに出会っていく
語るものと
　　　語られるものが
置換できるならば、
夏の光の下で
　　　鮮やかに〈内実〉を増すのが、

〈他者〉

そっとささやいて舌を絡め合うと
見たこともない〝扉〟が開かれる
そこからは見慣れた景色も
　　　　　〝光学的〟に変化するだろう
「きれいはきたない、きたないはきれい」
「ないことはある、あることはない」
そのように
　　　　あらゆる方角は動揺し
「人生」もまた鳥のひと声で
　　　　　破裂するかも知れない
「世界一冊（ユニーク）」と言われる幻の本を求めるように
〝ただひとつの〟言葉を探して、
　　　　数年が過ぎ
終わることのない（労働）のあいまには

イチジクを盛って
　　　冷したワインを飲む
振り返ると
　　「一羽の鳥」の影が山脈を覆い
露わになりかけた〝伝承〟を
　　　　再び秘匿しつつある

虹色の心臓

ネコが爪を研ぐように
　　　　　爪を研ぎ上げて
宇宙線にも似た
　　　〝言葉〟を待ち受ける夜
虚空から吹き寄せられるように
　　　微細な物質がただよう極地上空、中間圏の上端は
この惑星で寒冷の極みにあって、
　　　〝夜光雲〟がたなびく

それは死者がまとう緋(ひ)の衣のように
宇宙の端に浮かぶ雲、
やがては裾を広げ、
人々の意識の端を濡らすだろう
夏休みが来たならば
〝室内楽〟的な本を読む
「ナクソス島のアリアドネ」のように
飛び交う音が
金糸と銀糸になって
「一枚の絵」を織り上げていくような本を。
たえがたい日本的湿度のように
校正紙にいくら加筆しても
決して構造が変化しない〈物語〉
たとえば、烈しすぎて
それ自体を焼き尽くす「恋愛」や

人間を次第に追い詰めていく「都市伝説」は
〈機械仕掛けの神（デウス・エクス・マーキナ）〉が席を外しても
必ずや同じ
　　〝結末〟にたどりつく
魂が揺らぐような
　　　怪しい気配に
動悸が早まってくるとき
透明な稚魚の心臓は
　　　　（虹色）に脈打ち
タイフーンが
　　ユーラシアの東端を濡らしていく

考える人

頭上の空気を〝鋭角的〟に
　　　　　　ツバメが切り裂く夕暮れは
口にする言葉も青味を帯びて
「不穏」な気配が高まっていく
携帯で明日の約束をしようとしても
言葉まで危険にぶれて
〝像〟を結ばなくなるだろう
ある種の魚は、

毒性の強いプランクトンを食餌することで、
自らも、
体内に毒を貯わえていく
だとしたら、
〝悪意〟の鋭角的言語ばかり語っていると、
人間も、
自らのものではない〝悪意〟に
身を染めていくのだろう
それは「弱者の証明」だが、
他者を誹謗しているだけでも
たやすく「人生」は終えられる
あるいは、
コップの表面にたゆたう〝光〟と戯れていても——
長寿の秘訣は、
「焼酎（ショーチュー）を飲みすぎないこと」

酩酊が深まると、地上は、
　　　　ひどくつまらないところに見える
竹の葉は女声のように揺らぎ
その陰影は「繰り言」のように連辞的で
鳥や獣を眠らせない
そして、
　　鳥は〈今〉のみを睨み、
　　獣は〈今〉だけを駆けるのだろう
それなのに「昨日」に苛まれたり
「明日」を思い悩んだりするのが
　　　　〝人間〟
春になると、
　　　　秋まで収穫できない種子を播き
夜には、
　　千年前の人の事跡を勉強したりする

それは〝宿痾（しゅくあ）〟のようなものだから
ときには（切り株）に座り
「詩人」あるいは
　　　　「考える人」と呼ばれる
彫像の姿勢で
　　　　ウサギが切り株に衝突し
〝悶絶〟するのを待っていたりもするのだが。
野禽（ジビエ）は大地の匂いがする
それは、ある民族には〝快感〟だが、
植物的な人々には耐えがたい
　　　　　　　　「血」のようなもの。
それは〝日没〟の味がする

「神」に似たもの

「神様」とはいったい
　　　　何様なのか？
問いただすことも出来ないので
（憑神《つきがみ》）をなだめるように酒を汲み
日に三度、柏手《かしわで》を打つ
そのたびに茶碗が割れるのは
誰かが喜んでいるからなのだろう
ときおりクスクス笑いが聞こえるが

何も尋ねてはいけない
それは人のようでもあり
　　神のようでもある〝日本的霊性〟
言葉を変えるなら、
「河童（かっぱ）」や「山童（やまわろ）」のごとき
　　　　　　　　怖るべき子供たち（アンファン・テリーブル）
自分の影を踏んで消していったり
〝哲学〟抜きのお茶を飲み
本能が「美学」となるような
　　　　　　　　　　（落とし穴）を掘ったりする
波しぶきがすぐに気化してしまうほど
気圧が高まって
　　　　　水銀柱が上昇するとき
滑空するように海へ走っていく影があれば
それも「神様」に似たものかも知れず

柏手を打って見送れば
喜んで行ってしまって
当分は帰ってこない

都市のフォトグラフ

〝至純〟を求めつづけたら
ある国の言語では
　　　　〝詩語〟
として用いることが出来る語彙が減りつづけ
〈詩〉が消えつつある、という
海王星の軌道の外に位置する
　　　　外縁天体で
壊れた六つの小惑星が確認され

〈太陽系（ソラー・システム）〉の生成が少しずつ
　　　　　　　　明かされていくように
プロセスが完了したときに終わるのが
　　　　　　　　　　　〈生命〉

ストレスは一定面積内での
個体数が増えるにつれて増大し
やがて生体の免疫系に悪しき影響、
すなわち〝生命力〟の低下をもたらす
だとすれば、人間にとって
もっとも好ましくないのが、都市
人気のない都市は
潜在的な〝廃墟〟を垣間見せることがある
ウジェーヌ・アジェの
　　　　　　　フォトグラフの影
その影の奥に透けて見えるもののように

だとすれば、都市を構築するのは
建造物ではなく
あくまでも「人間」にほかならない
都市が人間で出来ているとしたら
その脆弱さも理解できる。
頻繁に（機能不全）を起こし、
たちまち潰え去る
「夢の跡」。

あらゆる遺伝子のプールは
いずれ
枯れはてる

湖底の物語

眩しいほど真紅の車で疾走するならば
鋭い光のように狭くなっていくのが
「視野」
さらにアクセルを踏み込むならば
人間の目には、もはや
〝収束する〟道しか見えない
ひとすじの道ならば
いかなる「誤ち」も起こりえないが
「余裕のある身体は、

　　　　余計なことをする」

鬱蒼たる森林を走り抜けると
突然、現われる（湖）
その湖面は明るい絶望のような光をたたえ
たとえ、何かが起こっても
何も起こらなかったことにしてしまうような
深い静けさに満ちている

　　　その（湖底）には
おそらくは、いくつもの物語が沈み。
誰にも顧りみられないとしても
繰り返し自らを語り始めるだろう
たとえば、
　「水死した女たち」の物語を。
それは、必ず同じ流路にそって生起する
レオポルディーヌ、

レオポルディーヌ

そのような響きの名残りのように
「物語」は、語り始められたとき
ひとりでに決まった結末へと向かい
森に閉ざされた湖底へと
再び沈んでいく
そのとき湖は閉じられた本のように
いっさいの解釈を拒絶し
「沈黙」が木霊するように色を変えるだろう
何事かが起こった、
　　　　しかし、何事もない
何事かが起こった、
　　　　しかし、何事もない
夏の死者は、
夏に甦える。

夏の錬金術

夏が来たならば
　　　ひたすら雲を観察し
とどまることのないその　〝変化（ニュアンス）〟を記録する
その背景には、
　　　人の心よりも陰影に満ちた
　　　　　　　　　　（青空）
果て知らぬ広がりにさえ
　　　〝情動〟があるとしたら

地上の生命はみな泣き濡れるだろう
草原の国から来た人は
海を前にして立ちつくす
もし、嘆き悲しむのなら
　　　　声が尽きるまで。
そして、響きが消え失せるとき
　　　　そこに「存在」はない
深く夢見るように
　　　　緑の野に沈み
〝好物〟の臭跡をたどる
　　　　小動物には
尋常ではない〈危機〉が迫っている
その遠近法からは
「悪意」のスレートは滑り落ち
食うものは、ときには

食われるものであるという
地上の構図が浮かび上ってくるだろう
　　　　　　　　人間もまた、
虎に喰われるほど自由だ、
「聖典」を求めて旅した
　　　　古(いにしえ)の皇子のように。

山林ばかりの国なのに
　　　　〈農耕民族〉は
誰もが平らなところに住もうとする
山々は、神々の座所、
　　　　呪言神(よごとがみ)も住まうので
肉体を持って近づいてはならない
自分の影を踏むように右往左往する人々に
〈太陽(ソル)〉よりも眩しい天体で
　　　〈水〉が発見されたというニュースが届く日、

湧き立つ雲を金色の階梯に染めながら
昇ってくる、夏。
その比類ない錬金術は
地にある者に〈沈黙〉を教えるだろう

小さな数式

（夕焼け）は、
　　　誰にとって〝赤い〟のか？
人間の目には
　　　　大気に散乱する
　　　　　　赤の波長が届くが
紫外線まで視える鳥たちにとっては
夕焼けとは、もっと蒼ざめたもの。
そして、地上に生命という生命が絶えたとき

あらゆる色彩は
　　「存在」しなくなる
夏至を過ぎると。
海には稠密な雲が積み上がり
何かに誘われているような気がして
子供たちは落ち着かなくなる
そんなときには「本」なんか読めない
海や川で水神と戯れるように
しぶきを上げては
なめらかな肌にまとわりつく（水滴）に
世界を映し取る
その光学的遊戯のうちに
　　　　　　　　夏は過ぎ
気がつくと、何人かは
水神とともにどこかへ行ってしまって

二度と帰ってこない
残された教科書は開かれることなく
小さな数式などを隠し続けるのだろう
(夕焼け)は、
　　　　誰にとって〝赤い〟のか?
たとえ生命という生命が絶え、
見る人がひとりもいなかったとしても。

絵画の子午線

「ガラスのファサード」と題された
　　　　　　　　　　〝絵画（タブロー）〟には
いたるところに小さな塗り残しが認められる
しかし、それは「塗り残し」ではなく
時とともに下塗りの石膏が
　　　　　　　　　　剥離して生じたもので、
同じことがカンバスの裏側にも起こり
そこに「もう一枚の絵」が現われた

すると画家が木枠に書きつけた言葉は、
隠された絵画のタイトルだったのだろうか？
「少女が死に、そして、成る」
一枚の絵が剝落して消えていくと
もう一枚の絵が現われる
ある種の「輪廻（サムサーラ）」のように。
それは生成と消滅を仕組まれたタブロー、
「完成」に向って
　　　　　〝消滅〟していくものにほかならない
自らの死後に現われる〝絵画〟を描くとき、
画家の「手」は
　　　　　〈未来〉に属している
少女は、おそらく夏の日に死に、
残像のように絵画だけが残される
そのとき〝絵画〟は

〈過去〉に属しながらも
〈今・ここ〉に立ち現われる
子午線を越えつつある太陽のように。
そして、時間を感覚するとき
手紙の文字も
〝断崖〟に見える

＊「ガラスのファサード」＝パウル・クレー、一九四〇年の作品

崑崙(コンロン)の音楽

神話的な蛇神の
コバルトとエメラルドの巨大な鱗(ウロコ)のように
重なり合いながら
　〝光輝〟としてあるかのような山脈(やまなみ)
癒しえない病をも
　〈運命〉と呼ぶならば
朝食に卵を食べるのは
　何の因縁だろうか

あまりに鮮やかな
（菠薐草（ホウレンソウ））
その色彩は、この世のものとも思われず
〈崑崙（コンロン）〉で獲れたようにも見える
農耕する民族が穀類や豆を煮ているとき
肉の塊にフォークを突き立てるのが
「キャピタリズム」

もし、それを音階にするならば
猛々しいコラールが響くだろう
ときには死者も音を立てる
〝蜃気楼〟に似た音を。
まるまって眠るネコの耳が
ピクリと動くのはそんなとき
机上の空気はコーヒーの湯気の分だけ気温を上昇させ
世界は〝ト短調〟に傾いていく

地上におびただしい、
数限りない齟齬のように。
この世の雨が熄(や)むとき
激しく「過去」になるものに
恐しい薬が必要になる、
たとえば〝鳩の血(ピジョン・ブラッド)の色〟のような
「言葉」が。

幻の子供たち

（壊れた心臓）のような花が咲き
赤い花弁にも夏至が漲るころ
目差しは誰かの心のように屈折しながら
子供たちの影を長く伸ばしていく
夏の日の下でいっしんに悩むなら、
　　　　　　　　愛ではなく愛のように。
夕暮れの光が深夜まで残っているような夜には
草木も語り合い
　　　　山々を青く染め上げて

大地を空へと入水させていく
鳥たちはあえぎ
丸い錠剤のような卵は
　　　　永遠に孵化しないまま
さえずりを内に孕んだまま
静かな眠りのうちにある
もはや、幸せも不幸せも
問いえぬ眠りのなかに。
ときには、幻のような子供たちが
遊ぶ声が聞こえてくる
たとえ、その姿は見えなくても
遠ざかる声とともに
絵画のような（庭園）を前にして
　　　　　　　　たたずむように
夜は更けていく

妙なる供物

弦楽器の形態（フォルム）は
　　　　なぜ
　　　（女体）に似ているのか
もし真夏に身につけるのなら
風が通りぬける〝音〟のような麻の服
すると、草いきれのなか
　　　ある種の「誘惑」に似た
〝無限旋律〟が響くだろう

白桃をむくと果汁がしたたり
赤ん坊のお尻のような果肉には
〝滅び〟が充填されている
だからこそ、それは
　　　　　（神の実）
「死すべきもの（モータル）」だけが書き残すことが出来る第二楽章（アダージョ）
その響きはときに「静寂」よりも鎮まりかえり
限りある生命には耐えがたい
〝光〟に似て、
　　　　粒子と波の性格を合わせ持つのが
〝言語〟
（流れ）や（波）のような
　　　　　その生成は
人間に「意識」を生じさせる
その流れからひき剥がされると

獣のように怯え
鳥のように傲慢になったりもするのが
〈人間〉

きわめて地球的（グローバル）なこの病は
自罰的傾向と他罰的傾向を
鐘を叩くように往還しては
ときに〝不眠〟を生じさせ
あるいは〝錯乱〟に陥れたりもするが
その多彩な症状は
地上の諸相の
「鏡像」のようにも見える

そこでは〝苦悩〟だけが作りうる〈塔〉が
いつか必ず倒れるために建てられ
次第に傾（かし）いでいくだろう
ならば、キュニコス学派が説いたように

「犬のような」人生を送るのも
誤った選択肢とは言えず
くつがえる〝神話〟のように
〈高波〉が来るときには
今、ふたたび、「供物」の意味を確認しなければならない
言語的には、それは
（社会）の領域に属しているが
実際は、それは
（社会）を浸食するものとの
〝境界〟に位置している

痛みは絶え間なく、
そして、共有しえない
絶望はたやすく
そして、共有しえない

森と湖と火山の島々で
鋭い音が空を貫くように
今、湖氷を神々が渡っていく。

朝の蓮（ロータス）

水銀柱が一心に昇っていくので
「はーはー」しながら、犬も
舌を垂らしている
もし、こんな日に犬と寝ていたら
世界が火の海になる夢を見る
目覚めると、
　　　何ひとつ変わったところはないのに
実際は何ひとつとして

昨日と同じではないのが
　　　　　　〈世界〉
床屋で散髪してもらっていると
危うく「言葉」を忘れそうになる
この〈散髪的失語症〉
すると、もう何も語ることができない。
長い休暇になったなら、
鳥籠に尾長鶏を入れ
　　　　　　その尾のように長々しく
時を告げさせる
すると、夜が明け
昨日のように今日は始まるだろう
「動詞」だけに〝時制〟があることに
驚くのは、明日のこと。
明日になると　少なからぬ人が

昨日のことで思い悩むだろう
その昨日とは、今日のこと
これは、何の呪いなのか！
月の光のように〝薄い〟詩集を
　　　　　　　　夏の昼下りに開くと

文字がかすんで読めない
（蓮（ロータス））は夜明けとともに音を立てて
　　　　　　　　〈開花〉し
その根元には
　　〈山塊のような大亀〉が沈んでいる

ランプを下げて

生きているのは〈今・ここ〉
　　　　　にほかならないのに
過去の情動に苛まれる〝正午〟
いつだって、
　　　苦しみばかりが鮮烈なのはなぜなのか？
自問しながらイベリコ豚とイチジクを食べ
屋根裏を駆け回る
　　小動物のような

毛深い追憶と戯れているならば
気づかぬうちに（夜）に包まれる
そのとき、人間の身体は
〝苦悩〟を
ラムプのようにぶら下げて
（発光）しているかも知れない
冷やかな海を回遊する
かなしい烏賊(イカ)のように
鮮やかなまでに〝物言わぬ〟死者。
その後姿からは
「輪郭」だけがとり残されていく
古書店の軒先に投げ出された〝言葉〟は
次第に陽に灼け
不気味なほど「健全」に見える
そのことを怖れおののきながら

哄笑のあとにこそ
　　　〝沈黙〟を。
出来るなら
　　事物という事物の〝影〟を深めていくような。
死者は何事も語らず
踊りえぬ踊りを考案し
死すべきものたちは
積乱雲のように積み重って
苦悩の「高さ」を計っている

十年の休暇

「東京にいたときは、ストレスで
飲みすぎ、何も書けなくなった。
けれども八ヶ岳の麓に引っ越してからは
〝生活〟が面白すぎて
何も書けない」
そう何も書けない作家が書いていた
山巓へと張りつめる大気は
塵灰まみれの都会では見えなかったものを

可視域に移行させる

そのクリアな光学のなかでは
不要なものからさらに不用なものを作り
ひとつの欲望を充足させるプロセスが
さらなる欲望を生む都市的生活は
自らが作り出したものに
〝使役〟されているようにも見える

ところが八ヶ岳山麓では、
人間は自らが作り出したものではないものに
使役されることになる。
それが〝生活〟

だからこそ、作家は
何も書くこともなく
必要なものを手造りし、
渓流で釣りをして　十年が過ぎていた

かつては神々が天降(あまくだ)った
　　　　　　　　〝磐座(いわくら)〟
その断崖から湧き出る清流には
骨の硬い岩魚(イワナ)や
水に透けるような天魚(アマゴ)が棲み
その朱色の淡色斑点や黒色斑点が
水中でひるがえる姿は
　　　　　〝流星群〟のように見える
たとえ、どんな描写も書きえなかったとしても
ときには、その星々は
　　　　　空中に跳ね上がり
川面に銀河を架けるので
見惚れているだけで
　　　　　十年の休暇は過ぎる

惑星的感染症

同じところを打ち続けると
〝鉄塔〟でさえ倒れるように
ある日、突然、崩壊するのが「精神」
そのうす昏い秘密は
　　　　　　いまだに解かれてはいない
犬の影までぐったりするような
　　　　　　　　〈真夏日〉
こんな午後には

（短い詩）すら読めない
自分と影を交換するように
横たわっては寝返りを打ち
汗にまみれながら
（呪文）のようなものを唱える
統合しえない〈自己〉を
抱えながら
日々を生きていると
次第に裂けていくのが
〝世界〟
そのそれぞれに
いまだに〈主体〉は住まい
不眠や障害を抱えている
一人でいると孤独なのは当たり前だが
二人でいるのに

孤独なのには耐えられない
見分けがつかないほどよく似た双子が
ともに老い
「心臓を病む」ように
道端にしゃがんでいる
もし「死者」が見えるとしたら
この地上は混雑で歩くことさえ出来ない
群衆に沈み込むように
あてどなく歩き
〝塔〟に昇っては
「示しえない記号」を探す
アスピリンを飲むと
〝観念的〟な匂いがする夜の道には
（広場恐怖症（アゴラフォービア））にも似た
本能的な畏怖がめばえ

惑星的感染症のように
地上を覆っていく

腹鼓

ホトトギスが日がな一日鳴き続け
やかましくて　原稿が書けない
仕方がないので午睡して
砂浜を散歩したりしていたら
今度は夜な夜な狸(タヌキ)が（腹鼓(はらつづみ)）を打ちならし
眠れない季節になってしまった
「人間のいないところ自然は荒涼をきわめる」（ウィリアム・ブレイク）が
〝自然〟はごく自然に

人間のことなど気にかけない
激しく響く（腹鼓）、
そんな夜には「哲学」はできないので
干した白イチジクをつまみながら
ワインを冷して飲むことにする
言語が形成する「認識」のヴェールを取りはらうなら
食ったり、食われたりしているのが
〈生命〉

その連鎖は直接的で
川面に急降下するフクロウが描く
（抛物線）に似ている

だとしたら〈生命〉とは
別の何かによって購うことができるものなのか？
幻想の〝貨幣経済〟が崩壊するとき
「直接民主制のためのバラ」が咲くと

殉教者のような風貌の〝彫刻家〟は予言し、
そのときを待つバラは、
ツボミをいよいよ固くする
やかましくて眠れないので
高波のように寝返りを打つならば
ひるがえるように
　　　　夜星に〝星〟は流れ
（腹鼓）は丘陵を越えて
都市に向っていく

疑問符のように

疑問符のように
つややかな曲線を描いては、訪れる朝
差しこむ光のような
　　　　サンサシオンは
人を目覚めさせ不安にする
なぜ、と考えるのは
直立歩行する霊長類の宿命だが、
人間の足首はきわめて

〈不安定〉な状態にある
内くるぶしと外くるぶしに繋がる神経は
脳にはまったく伝達されない
もし不安定な足首の情報が
脳に伝えられてしまったら
人間は恐怖のあまり、立って歩けなくなる
それほど不安定なものに
支えられているのが、人間の思考だから
人類の思想史も揺らがざるをえない
大気の状態が不安定になると
けぶれる叢(くさむら)から蛇は出入りし
不安定なものの新たな生誕を祝福する
雨が降り出して、
大気にかすかに残る光を濡らすまでは。
革命という幻想は燃え尽きて灰になり

その灰のなかから
故郷の地図を描くように
青い火が生まれるとき、
波は半島を洗い
問いの形をした金色の魚が
波のなかに戯れているのが見えるだろう
だが、答えを探してはならない
この地上のあらゆる〝始まり〟は
必ずやひとつの帰結にしかたどりつかない
何事も始まらないように
毎日、雲をスケッチすることにしたので
雲ひとつない晴れた日は
ひたすら空色だけを
　　　スケッチブックに映し取る
すると、いつの日にか

スケッチブックのなかの雲が流れて気圧を傾け
晴れたページにも雨が降り出すかも知れない
霊魂は必ずや山巓（さんてん）の気に誘われる、
この日本的な
　　〈山中他界観〉
すなわち、人は平地に住まいながら
ついには平地にはとどまらない
だとしたら、ただひとつ問われているのは
　　　　　　　　　　　　　　　　何事なのか？
直立する不安定な足首のような存在が
ようやく深い眠りから目覚めようとするとき
世界はいつもより少し静まりかえり
投げかけられた疑問のように
夜は明けない

動かぬ大地

ぶら下がるアケビのツルに似た、
イスラームのような夜明け
〝核爆弾〞の閃光から
　　　液晶ディスプレイの明滅まで
さまざまな光を経験していると
人類はつい〝太陽〞を忘れがちになる
（光）をレンタルするような
現代的生活のなかでも

いまだに生まれえぬのが
　　〝非言語的（ノンバーバル）〟な意識
光学的イメージがどれだけ変容しても
それはいまだに〝言語的〟なものでしかない
星のように咲いていた
　　〝紫蘭（しらん）〟
それも偽りの「記憶」だろうか?
言葉は粒子のように波立ち
人間はその海のなかで
　　〝収縮〟したり
〝弛緩〟したりする
その生成が
　　「時間」であるならば
星々の秘密こそが、「空間」。
「詩」は書かないときだけ

〝現われる〟？

そして、詩人の影も、
次第にうすくなっていく
無数の川が海に流れ込んだとき
その名を捨てるように。
海がその縁（へり）をすすぐ
「動かぬ大地（テッラ・フェルマ）」
そこには〝灰〟が降ることがある
そして、あるとき、おびただしい灰が降った
人間に永遠の「労働」を
約束するほどの。

死者の眼差し

死者の〝眼差し〟は
　　　　　　生者の肩を越えて
必ずや〈彼方〉へと向かう
ギリシアの墓碑彫刻のように。
そして〈彼方〉では、
　　　　　　いまだ奏(かな)でられたことがない音楽のように
塔が傾き、
　　　　　　人間に自問をうながすだろう

「始まり」があって
「終わり」があるのが、
（線分）。
だとしたら〈永遠〉とは、
決して「線的」なものではありえない
たとえば（弦楽器《ヴィーナー》）の音が、
どこから来るわけでもなく、
どこかへ行くわけではないように。
都市では空間という空間が
〝資本主義的〟なコードによって分割され
ときおり、コードに属さない鳥が、
空から墜ちてきたりする
そのとき、街角の「鳥の死骸」は
都市の「自然」を可視域のものとし、
つねにゆるやかに衰えていくだけの生物は、

見ないふりをして通り過ぎるだろう
国旗という国旗のたなびく先に
その眺めは反復され、
今日も異国の美しい旗の下で
　　　　　　血を流している人がいる

「近代」という（線分）が
　　　　　　尽きるところまで

続く〝水の流れる階段（カスケード）〟
今、一本の樹が炎え上がるように
影まで蒸発させながら
あらゆる存在を貫いていくとき
夏はあまりにまばゆい陽光とともに降り
死者の〝眼差し〟は
　　　　　　生者の肩に落ちる

「肉体はかなしい」

レアメタルが焼ける匂いがする
〝夕暮れ〟
どこかで人を焼く、
紫色の煙もたなびいて。
縊死（いし）したかのような月が
夜空に架かるとき
傷口を晒すように
生まれた土地の地図を開くと

気圧が傾斜して
　　　風が殺意を高める
人間はつねに「自分」以外の何かによって作られる
だとしたら、
　　　自分が自分ではありえぬ地獄と
　　自分が自分でしかありえぬ地獄では
どちらが耐えがたいのだろうか？
伝えるべきことは何もなくなった
世界で初めて、
　　〝白紙〟の新聞が配達される朝のように。
何かの予兆に
腹部の神経がざわざわしても
　　　〈死〉もまた観念
地上の重力を離れて思考するならば
〈死〉は存在しない

そして、世界には
〈死〉を恐れてはいられない国もある
夜明けはかなしみで眠れない。
夢は悪夢しか見ない。
数万年という気が遠くなるような歳月に
たった一度の割合で
地球に接近するルーリン彗星は
引き裂かれるようにふたつの尾を伸ばし、
同じように人間は、
若いうちは変革を望み
老いるにしたがって変化を恐れる
だが「われわれはみな同じもので出来ている」（オスカー・ワイルド）
ひとりで生まれひとりで苦しみ
そして、ひとりで死んでいく
「肉体はかなしい」が、

あらゆる書物はいまだに開かれつづけ
読まれることもないままに
言葉が消失する瞬間を待っているのだ

母に似たもの

〝死者〟に命じられ
〝他者〟にうながされて
ことごとくの生者の行動はあるのだから
〈自己〉に属するものは
どれほどだというのか。
だからこそ、ある詩人はその最期のときに
視力を失って
「見えない文字」を書きつづけた

見てはいけないもの、
決して見てはいけないものが
　　　　　　　〝目の前〟にあったなら
人もまた、
　　　水没した都市、
灰に埋もれた都市のように
鎮まりかえっていくしかない
地上には
　　　〝見えるもの〟が多すぎる
だから、人は、生涯のなかばを
眠って過ごし、
　　　目覚めるたびに
希望と失望のバランスを
計り直さなければならない
今、少女は（塔）のように

そそり立ち

その姿は「あらかじめ」約束された

（母）のようにも見える

非言語的

ひとつの世紀を背にしたとき
いよいよ鮮やかさを増す
〝言葉〟
そのエッジはあまりに鋭く
さわると手が切れる危険がある
あらゆる事物（オブジェクト）は「障害」もしくは
「抵抗」として現われ
明るいコバルトとうすいグリーンで

地中海的な景色を描いていても
心のカンバスには〝濃い〟陰影がうねり始める
原理主義者は
　　〈教条(ドクトリン)〉を反復し
どちらの岸にもたどりつけない
あたかもポルノグラフィーが
露わにすべきではないものを露わにし、
それゆえに、このうえなく
　　　　「退屈」であるように。
けれども「退屈」の限りを尽すと
部屋は〝四隅〟から波打ち始めるだろう
「新聞」を読むような姿勢で
　　　　〈近代〉は始まり
〝キイボード〟を叩く姿勢で
　　　　二十世紀は終わる

今や、どこにも定着することがない
「文字」を鎮めるように
言葉をささやかなければならない
人混みのなかの恋人たちのように。
ときに人間には
　　　「他者の感情」が混線する
嘆き悲しむのなら、
まず、その感情が「誰のもの」なのか、
　　　　　　　　　　　自問せよ
「日付けのない約束」にしたがって
　　　　　　　語られるのが「言語」
人間はその約束の外に〝めったに〟出ることは出来ない
だから非言語的（ノンバーバル）なコミュニケーションを求めて
暗がりに（女体）を横たわらせたりする

象徴と灰

「泉（トイレ）」という場所は
　　　　なぜ、
　　　　　　かくも瞑想的なのか
そこにはまるで海底のような音が響き
人間の形も
　　（塔）のように傾く
まるで短い「一生」の比喩のように。
だから、石を喰（は）み

混沌（コントン）を食するような日々を送っていると
浅いまどろみのなかで
子供たちの声が聞こえてくる
「神様は何日で世界を作ったの」
「六日。
七日目にお休みしたんだよ」
「もっと丁寧に作ればよかったのに」
――――――。

七日だけ啼きつづけて、
セミは盛夏の草いきれのただなかに墜落し、
八日目には灰より深い眠りのなかにある
この「素朴にして絶対的なアレグロ」
いまだにヨーロッパの暗がりでは
犬が吠えている
ときには、

「おうおう」と人のような声で泣き
あるいは、
「わうわう」と嘆くように泣く
そして、母音をふたつ掛け合わせると
どうしたことか、人間は
ひどく遠くへ旅立つことになる
（生命）には「死」という暗号が組み込まれ
「生」とは、その暗号を
解いていくプロセスにほかならない
だから、十八世紀のヨーロッパで
「詩人たち」は奇妙なことに熱中した
バラの花を燃やしては
花があった虚空を凝視し
バラの「幽霊」を見つけようとするような奇妙なことを。
十九世紀が終わるころには

バラの「幽霊」は「象徴」に変わり、
二十世紀には、
　　　　ただの「灰」になった
今ではその灰さえも見ることはできない。
恐怖の先触れのように
　　　　　夏の道を小さな蛇は横切り
生物は来たるべきものを怖れて
今日もかすかに震えている。
あとは燕麦（からすむぎ）が枯れて、
さやさやと風に鳴っていたらいいのだが。
この海のように揺らぐ
　　　　　　「世界」のなかで。

五衰

華氏四五一度で燃え出すのが「書物」なら
絶対零度で停止するのが
　　　　〈時間〉
若いうちは「どう見えるか」
が見るということだが
年を取ると「どう見たいか」
を見ることと勘違いする
すなわち、年経るとともに

「不定性」を失うのが、人間。

それが固着したとき、
肉体の死よりも早く
認識の死が訪れる
理想気体の容積がゼロになり、
物質原子が熱運動を停止するように。
「標的」に向って
〝撃鉄〟を引くならば
砕け散る〈自己〉
思わず涙するような
（回想）に追われているうちに
「安手の小説（パルプ・フィクション）」は終わり
ページを閉じると何も思い出せない
始まることは出来るのに
終わることが出来ない「物語」があるとしたら

それは、新しい
〝悲劇〟と呼ばれるだろう
そこでは次第に、何事も
記憶されなくなるだろう
「人生」とは、
それを終えることができるものの〝言葉〟
（天女）は〝五衰〟の歓びに打ちふるえ
事件の真相が決して明らかになることはない、
アンチ・ミステリーのような
生の終わりに直面する

八月のカテドラル

もし〝人生〟を呪うなら
ひときわ明るい正午に。
海風も凪ぎ
　　湧き立つ雲さえ
「静止」した真昼には
　　　　あらゆる情動も
〝蒸発〟してしまうだろう
地上の諸存在が燃えつきたとき

後に残されるのが〈無機物（ミネラル）〉。
だとすれば〝生命〟とは燃えうるもの、
あるいは、燃え尽きたものから
生まれてきたものとも言えるだろう
茄子を植え、
　揺れる（瓢簞（ヒョータン））の下で
〝誤謬〟を繫ぎ合わせたような「人生」を想い
涙を流しながら　酒を酌（く）む
この無上なる（無常――）
所有しているものを数え上げるのを止めると
突然、肩のあたりが軽くなる
魂が衣服を脱ぎ捨てたように。
それは一篇の詩を書こうとしたときに陥る
〝失語〟の状態に似ている
そのとき、世界はセザンヌの絵画のように

分かちがたい（塊量（マッス））となって
脆弱な「主体」を呑み込むだろう
この無情なる（無常――）
八月の光は存在の半分を影にして
人間は動かぬ影に縛られたように
立ちつくすしかない
そして、八月の光のなかなら見えるだろう、
詩とは
　〈無〉のカテドラル
その水よりも透きとおった清冽さには
何事も求めてはならない

壊れた光

およそ、始まりは
　　　　〝火〟に包まれている
冴え渡る、
　　「喜びのコラール」のように。
空はいまだに、
謎が謎に見えないほど広やかで
だから、人はそこに〝謎〟を探したりする
雲はなぜ白いのか

空はなぜ青いのか
海退の痕をとどめる山脈（やまなみ）にも
かつての海棲生物の末裔は潜み
雲に鳴き、空に吠えたりするのだが
山肌を震わす声は
決して至りえぬ場所への〈憧憬〉にも聞こえる
光がもたらすのが〈色彩〉
しかし、それは物理的なものではなく
心理的なもの
ある種の「惑い」なのだろうか、
決して満たされない〝恋情〟のように。
（太陽）の白色光は
（地球）を美しく染め上げる
けれども光は色ではなく
色とは物象の属性でもなく

事物が反射した光の波長にほかならない
ならば、人が見る色彩とは、
　　　　　　　　　　ある事物が拒否した波長、
すなわち「壊れた光」にほかならない。
そこから、
　　　　愛と憎しみについて、
　　　語ることができるだろうか？
太陽光が「興奮」するとき、
地球を戴冠させる
　　　　　（曙の女神〔アウロラ〕）。
およそ、始まりは〝火〟に包まれ、
揺らぐ北極光のなかで
　　　　　　　　世界は海のようだ。

沈黙の春

雪のなかから
頭をのぞかせる枯草
鳥は次々と（漿果（しょうか））を求めてやってくる
卵形の実をつける莢蒾（かまずみ）や榛（はん）の木が
形成する「冬景色」
そこには、夏の幻を透かして見ることが出来るだろう。
硬い山からやわらかい川が生まれ
人間がそのほとりに住むようになったのは、

数千年の前のこと。
人間はたやすく思い込む、
地上には変わりつづけるものと
変わらないものがあるのだと。
しかし、あるとき——
「暗い影がしのびよった。
いままで見たこともきいたこともないことが起りだした。」
原因不明の疾病が次々と生じ
牛も羊も、人間も斃(たお)れていく
「大人だけではない。子供も死んだ。
元気よく遊んでいると思った子供が
急に気分が悪くなり、二、三時間後にはもう冷めたくなっていた」
何が起こっているのか、
　　　　誰にも分からなかった

春になると、

コマドリ、スグロマネシツグミ、カケス、ミソサザイの鳴き声で
夜は明ける
「だが、いまはもの音一つしない」
鳥は、どこへ行ってしまったのか？
病める世界、
　　春はきたが
〝沈黙の春〟だった
もう液果はついばまれることなく
花粉が運ばれることもない
このように、変わらないものが
変わりつづけていくと
〝非可逆的遺伝変化〟のはてに
地上は「見知らぬ星」と化すだろう
変化しないものはない
不変のものなどない

あらゆる方角が動揺し、
雄(オス)でもあれば雌(メス)でもある
〝雌雄モザイク〟の生物が生まれるとき、
人類は「アントロギュノス・コンプレックス」から解放され
その（自足）のうちに
赤ん坊のように泣く

＊引用はレイチェル・カーソン『沈黙の春』より

ユーラシアの夜明け

「永遠」の〝半分〟を
思考したくなるような午後
あまりに美しい微笑を見たので
日没はやって来ない
終わらない夏、
そのある一日のある時間に波は止まり
目を閉じるなら、 世界は消える
西瓜（スイカ）を割るように

ユーラシアが割れるとき
古典的な楽曲のように〝砲火〟はとどろき
「世界」は〝終わり〟に前傾しながら
〝始まり〟へと後退するだろう
一神教の文明は衝突し、
「不妊」を産みつづける
今は、あらゆるものが不安に見えるとき。
コバルトの火柱が立って
書くべきなのか
沈黙すべきなのか
悩みぬくと
深々(しんしん)とした〝耳鳴り〟に襲われるから
黙って空を見上げているしかない
その青さのうちに
「自死」するかのような青空

そこに付け加えるべきものは何もない
起伏のない土地に暮らしていても
人間の心理は波打ち
ときに生命のリズムに障害を生じさせる
その〈病像〉は、
〝生命的感情〟の
跳躍すなわち高揚、
停滞すなわち沈滞として理解されるが
今や、〈常態〉が稀なとき。
意識が〝言語の体系〟から
ひき剝がされるなら
人は獣のように怯え
鳥のように傲慢になるだろう、
さまよう国境のように。
悩みぬいて

森々（しんしん）とした〝耳鳴り〟に襲われる夜、
ユーラシアの東端から
いっさいの固有名を焼きつくすように
朝焼けが燃え始める

あとがき

今から、およそ二千五百年前の昔。ガンジス河中流域、マガタ国のガヤーシーサ（象頭山（ぞうずせん））の頂（いただき）で、ゴータマ・ブッダは、眼下に広がる眺望を指さしながら、「修業者たちよ、この一切は燃えている」と語ったという。

一切は燃えている。この名高い山上の説教は、言うまでもなく、諸存在と諸事象に常なるものはなく、移り変わってやまないという、ブッダの存在と時間性への考察を別の言葉で語るものであり、東アジアでは「諸行無常」という漢訳によって知られている。しかし、「諸行無常」という言葉には、歴史的にさまざまなイメージがまとわりついており、その真意を理解するのは難しい。それに対して、象頭山上の言葉は、古代インドの思索を肉声で語るもののようにわたしには思われた。

わたしがガンジス河中流域を訪れたのは、四年前のことだったが、「この一切は燃えている」という一節に出会って以来、わたしのなかで、世界は海のように波打ち始めるようになった。そして、いつも目にしているこんもりとした鎌倉の照葉樹林と、前年に訪れたインドの荒涼とした景色が、うねりながら重層化していくような思いに囚われたときに、隆起するように生まれたのが、本書に収めた諸篇である。

これらの詩篇を書き継ぎながら、わたしもまた、思いつづけていた。地上にあるもの、その一切が燃えている、と。

二〇一〇年二月

著者

初出

象徴と灰（「世界−海」改題）「現代詩手帖」二〇〇七・七
壊れた光（「世界−海」改題）同
幻の子供たち「文學界」二〇〇七・八
エレミアの傷心「現代詩手帖」二〇〇七・九
五分前 同
神々の名 同
非言語的「現代詩手帖」二〇〇八・一
五衰 同
ユーラシアの夜明け 同
完全犯罪「現代詩手帖」二〇〇八・七

大きな影　「現代詩手帖」二〇〇九・一
神学の野原　同
傾く絵画　同
疑問符のように　同
「肉体はかなしい」　「文藝春秋」二〇〇九・七
母に似たもの　「現代詩手帖」二〇一〇・一
動かぬ大地　同
沈黙の春　同

本書は書き下ろしだが、求めに応じて右の諸篇を発表した。また一集を編むに当って、大幅な改稿をほどこしたものがある。

世界―海

著者
城戸朱理

発行者
小田久郎

発行所
株式会社 思潮社
〒一六二―〇八四二 東京都新宿区市谷砂土原町三―十五
電話〇三（三二六七）八一五三（営業）・八一四一（編集）
ＦＡＸ〇三（三二六七）八一四二

印刷所
三報社印刷株式会社

製本所
誠製本株式会社

発行日
二〇一〇年九月二十五日